U0631240

国家出版基金项目
NATIONAL PUBLICATION FOUNDATION

记住乡愁
——留给孩子们的中国民俗文化

刘魁立◎主编

第六辑 口头传统辑（二）

本辑主编 杨利慧

张 多◎著

洪水神话

黑龙江少年儿童出版社

编委会

主　任　刘魁立

副主任　叶　涛　施爱东　李春园

编委会

叶　涛　刘魁立　刘伟波　刘晓峰　刘　托

孙冬宁　陈连山　李春园　张　勃　林继富

杨利慧　施爱东　萧　放　黄景春

丛书主编　刘魁立

本辑主编　杨利慧

序

　　亲爱的小读者们，身为中国人，你们了解中华民族的民俗文化吗？如果有所了解的话，你们又了解多少呢？

　　或许，你们认为熟知那些过去的事情是大人们的事，我们小孩儿不容易弄懂，也没必要弄懂那些事情。

　　其实，传统民俗文化的内涵极为丰富，它既不神秘也不深奥，与每个人的关系十分密切，它随时随地围绕在我们身边，贯穿于整个人生的每一天。

　　中华民族有很多传统节日，每逢节日都有一些传统民俗文化活动，比如端午节吃粽子，听大人们讲屈原为国为民愤投汨罗江的故事；八月中秋望着圆圆的明月，遐想嫦娥奔月、吴刚伐桂的传说，等等。

　　我国是一个统一的多民族国家，有 56 个民族，每个民族都有丰富多彩的文化和风俗习惯，这些不同民族的民俗文化共同构筑了中国民俗文化。或许你们听说过藏族长篇史诗《格萨尔王传》

中格萨尔王的英雄气概、蒙古族智慧的化身——巴拉根仓的机智与诙谐、维吾尔族世界闻名的智者——阿凡提的睿智与幽默、壮族歌仙刘三姐的聪慧机敏与歌如泉涌……如果这些你们都有所了解，那就说明你们已经走进了中华民族传统民俗文化的王国。

你们也许看过京剧、木偶戏、皮影戏，看过踩高跷、耍龙灯，欣赏过威风锣鼓，这些都是我们中华民族为世界贡献的艺术珍品。你们或许也欣赏过中国古琴演奏，那是中华文化中的瑰宝。1977年9月5日美国发射的"旅行者1号"探测器上所载的向外太空传达人类声音的金光盘上面，就录制了我国古琴大师管平湖演奏的中国古琴名曲——《流水》。

北京天安门东西两侧设有太庙和社稷坛，那是旧时皇帝举行仪式祭祀祖先和祭祀谷神及土地的地方。另外，在北京城的南北东西四个方位建有天坛、地坛、日坛和月坛，这些地方曾经是皇帝率领百官祭拜天、地、日、月的神圣场所。这些仪式活动说明，我们中国人自古就认为自己是自然的组成部分，因而崇信自然、融入自然，与自然和谐相处。

如今民间仍保存的奉祀关公和妈祖的习俗，则体现了中国人崇尚仁义礼智信、进行自我道德教育的意愿，表达了祈望平安顺达和扶危救困的诉求。

小读者们，你们养过蚕宝宝吗？原产于中国的蚕，真称得上伟大的小生物。蚕宝宝的一生从芝麻粒儿大小的蚕卵算起，中间经历蚁蚕、蚕宝宝、结茧吐丝等过程，到破茧成蛾结束，总共四十余天，却能为我们贡献约一千米长的蚕丝。我国历史悠久的养蚕、丝绸织绣技术自西汉"丝绸之路"诞生那天起就成为东方文明的传播者和象征，为促进人类文明的发展做出了不可磨灭的贡献！

小读者们，你们到过烧造瓷器的窑口，见过工匠师傅们拉坯、上釉、烧窑吗？中国是瓷器的故乡，我们的陶瓷技艺同样为人类文明的发展做出了巨大贡献！中国的英文国名"China"，就是由英文"china"（瓷器）一词转义而来的。

中国的历法、二十四节气、珠算、中医知识体系，都是中华民族传统文化宝库中的珍品。

让我们深感骄傲的中国传统民俗文化博大精深、丰富多彩，课本中的内容是难以囊括的。每向这个领域多迈进一步，你们对历史的认知、对人生的感悟、对生活的热爱与奋斗就会更进一分。

作为中国人，无论你身在何处，那与生俱来的充满民族文化DNA的血液将伴随你的一生，乡音难改，乡情难忘，乡愁恒久。这是你的根，这是你的魂，这种民族文化的传统体现在你身上，是你身份的标识，也是我们作为中国人彼此认同的依据，它作为一种凝聚的力量，把我们整个中华民族大家庭紧紧地联系在一起。

《记住乡愁——留给孩子们的中国民俗文化》丛书，为小读者们全面介绍了传统民俗文化的丰富内容：包括民间史诗传说故事、传统民间节日、民间信仰、礼仪习俗、民间游戏、中国古代建筑技艺、民间手工艺……

各辑的主编、各册的作者，都是相关领域的专家。他们以适合儿童的文笔，选配大量图片，简约精当地介绍每一个专题，希望小读者们读来兴趣盎然、收获颇丰。

在你们阅读的过程中，也许你们的长辈会向你们说起他们曾经的往事，讲讲他们的"乡愁"。那时，你们也许会觉得生活充满了意趣。希望这套丛书能使你们更加珍爱中国的传统民俗文化，让你们为生为中国人而自豪，长大后为中华民族的伟大复兴做出自己的贡献！

亲爱的小读者们，祝你们健康快乐！

二〇一七年十二月

目　录

走进洪水神话的世界

｜走进洪水神话的世界｜

世界上许多民族都有关于那场远古大洪水的记忆。在中国，大禹治水的神话几乎家喻户晓；古印度的典籍《百道梵书》讲述了人祖摩奴在大洪水中拯救人类的故事；在《圣经·旧约》中，耶和华降下洪水，并授意诺亚提前建造方舟的神话，更是随着基督教的传播而广为人知……这些都是那场远古大洪水的印记。

洪水神话是世界性的创世神话，在世界各地的不同

｜浮雕《洪水滔天》｜

民族中都有这样的故事。1872年的一天，年轻的亚述①学家乔治·史密斯在阅读一块古巴比伦泥板上的楔形文字时，突然发现了一段描述天神降下洪水的诗歌。他惊讶于自己竟然是2000多年来第一个阅读到这段文字的人。这就是著名的古巴比伦史诗《吉尔伽美什》，诗中讲述了一段天神降下洪水毁灭人间，但提前让人建造方舟的神话。这段洪水神话与《圣经·旧约》中诺亚方舟的故事非常相似。史密斯的发现也掀起了一股研究关于巴比伦、苏美尔文明洪水神话的热潮。

其实，考古学家发现，类似的洪水神话在中国也有。例如在安徽蚌埠的涂山周边，当地自古以来就流传着大禹会盟诸部于此的民间口头传承神话，这里也被称为禹墟。考古学家在这里开展考古发掘，并发现了大型龙

|浮雕《大禹治水》|

———————————
①古代两河流域北部的文明古国。

山文化遗址。这次考古发掘说明淮河流域在新石器时代的确具有体系完备的古代文明，但这到底和大禹会盟诸部有何关联，还没有定论。

很多人会问，远古时期果真有一场毁灭人类文明的大洪水吗？各国地质学家和考古学家试图从地质结构中寻找有关这场大洪水的证据。比如有一些学者将位于黄河上游甘肃、青海交界处的积石山存有古代堰塞湖作为证据，以此论证大禹治水神话的真实性。

事实上，洪水是地球上常见的自然灾害。正是洪水灾害的普遍性，使得洪水神话成为遍布世界各民族的文化记忆。洪水神话最核心的含义是想要说明人类在经历灾难之后重获新生的伟大精神，因此"远古洪水"和"洪水神话"两者之间不能简单地画等号。

中国是一个多民族国家，每个民族都有丰厚璀璨的神话传说，其中洪水神话作为一个重要的组成部分流传至今。下面就让我一起走进中国的洪水神话世界里探寻一番吧！

女娲补天止洪水

| 女娲补天止洪水 |

女娲是中国神话中非常重要的创世女神，亦是上古十大正神之一。有关女娲的神话在《山海经》《楚辞》《淮南子》等典籍中均有记载。直到今天，女娲还作为民间信仰的神祇广受尊崇。

在神话传说中，女娲最重要的功绩是"抟土造人"，是创造人类的始母神。女娲还是炼石补天的救世英雄，她创造了人类社会，并建立了婚姻制度。除此之外，女娲还是创造万物的自然之神，因此也被尊称为"大地之母"。而与女娲相关的神

| 淮阳太昊陵的
女娲像 |

话中，最广为人知的"炼石补天"就与洪水有关。在不同的典籍中，关于洪水发生的原因和女娲补天治水的细节记载不一，这种叙述的多样性，恰巧说明了有关女娲的神话在中国具有广泛的影响力。

一、女娲炼石补天

在古代典籍中，数《淮南子》中对女娲的记载最为

女娲补天石像

丰富。书中记载道：

"往古之时，四极废，九州裂，天不兼覆，地不周载。火爁焱而不灭，水浩洋而不息。猛兽食颛民，鸷鸟攫老弱。于是女娲炼五色石以补苍天，断鳌足以立四极，杀黑龙以济冀州，积芦灰以止淫水。苍天补，四极正，淫水涸，冀州平，狡虫死，颛民生。"

《淮南子》中记载的女娲，是一位拥有巨大能量的英雄，她在面对天塌地陷的毁灭性灾难时，想出了炼制五色石填补青天，砍断巨兽之足当作天柱的办法，她杀死黑龙来拯救翼州，将芦苇烧成灰，去抵御过量的洪水。最终，女娲凭借一己之力力挽狂澜，四个天柱得以扶正，洪水停止，冀州安定，狡猾

的恶禽猛兽死去，善良的百姓幸存下来。大地终于恢复了平静。

这段文献的叙述，生动地展现了汉代文人心目中的女娲形象，也从侧面说明在西汉时期，有关女娲的神话已经成为影响力巨大的叙述传说。

女娲神话影响着数千年来的中国人，无论是民众还是文人，都在共享女娲神话的精神内涵。

女娲是一位多面的始祖，在洪水滔天、危及人类生存的紧要关头，她挺身而出，想出了阻止暴雨和洪水的办法，从而拯救了人类。她既有力挽狂澜的智慧，也有疼爱子孙的情怀，身上兼具着英雄气概和母性温情。

如今，女娲神话与信仰活动依旧延续着。比如在河南周口的太昊陵中仍然供奉着伏羲和女娲的神像。太昊陵是一座规模宏大的庙宇，始建于春秋时期，历朝历代都是人们祭祀人文始祖的重要地点。当地一直流传着关于女娲的神话。民间文学工作者深入当地采录了这些口头神话。

据说伏羲、女娲是兄妹俩，有一天他们出门时遇到了一只白龟，白龟要兄妹俩喂给它一块干粮吃。善良的兄妹俩见白龟的样子很是可怜，便给了它一块干粮。填饱肚子的白龟告知兄妹俩洪水将临的消息。后来果然如白龟所说，天上下起了暴雨。下到三月初三这一天，大地上洪水滔天。为了报答兄妹俩，白龟让兄妹俩躲进它的

|淮阳太昊陵供奉女娲的显仁殿|

肚子里，洪水退后，只有兄妹俩幸存了下来。如今华夏大地上的人们都是伏羲和女娲的后代。

这一则口头传承神话独具地方色彩。在这里，女娲从治理洪水的英雄，变成了躲过洪水、延续人类种族的始祖。从这个传说中可以看出，女娲是一位具有多重文化属性的重要神祇，因此后世把许多功绩都归功于女娲

身上，她也被人们尊为人文始祖。

河北涉县中皇山上有一座著名的古迹——娲皇宫。娲皇宫内供奉有女娲像，在当地具有极大的文化影响力。当地民间也广泛流传着有关女娲的神话，从"抟土造人"到"炼石补天"，从"发明文化"到"造福百姓"，内容非常丰富。涉县当地常常把女娲神话同历史

相结合，比如"岳飞拜女娲"和"九龙圣母"等。在涉县的民间传说中，清漳河里的石头就是女娲补天用的五色石，天塌地陷、洪水滔天之际，女娲将清漳河里的五色石熬化，然后借着中皇山飞上天，用五色石熬出的液体堵住了窟窿。直到今天，当地的人们为了纪念"女娲补

涉县娲皇宫女娲像

涉县祭祀女娲的民间香社

天"的功绩，还保留着正月十六熬粥喝的习俗。涉县每年三月举办的娲皇宫庙会，各村都会组织香火社到娲皇宫进香。

不仅在河南、河北有女娲神话流传，在湖北、山西、甘肃、陕西、山东、台湾、香港、澳门等地，甚至在湖南苗族、云南藏族、湖北土家族等少数民族居住地，也能找到丰富的古迹遗存和民间信仰习俗。女娲神话还随着华人的迁移传播到了海外，几乎到处都能见到女娲神话的踪迹。女娲神话已经成为中华传统文化的标志性代表传承至今。

二、五色石、不周山

在"女娲补天"的神话中，并没有对引发洪水的原因进行明确解释，只讲述了

共工像

天塌地陷的经过。《淮南子》当中所记载的"共工怒撞不周山"被许多人认为是造成天塌地陷的原因。书中说，共工与颛顼大战，共工战败后非常愤怒，于是撞断了天柱之一的不周山，从而造成天塌地陷。传说中共工是一位性格暴躁的神明，他人面蛇身，善于兴风作浪。

神话学家袁珂认为，"共工怒撞不周山"与"女娲补天"并不是同一系列的神话，不周山折断也并不是女娲补天的原因。但是，"共工怒撞不周山"导致"天倾西北""地不满东南"，却成为解释我国地势为什么会西高东低的神话。

还有民间神话提到，天上有一条天河。共工撞断不周山后，天河的水猛地倾泻

天柱山

到大地上，造成了洪水暴发。而女娲炼五色石修补了天河的缺口，从而阻止了洪水。

《山海经·大荒西经》记载：

"西北海之外，大荒之隅，有山而不合，名曰不周负子，有两黄兽守之。"

古代神话中撑天的柱子

|伏羲女娲浮雕|

|《山海经》|

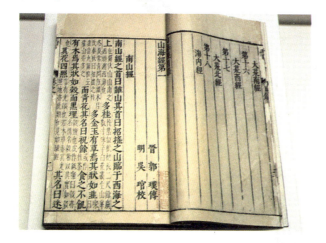

有好几根，而不周山只是其中一根，但是人类只有通过不周山才能到达天界。自从共工撞断了不周山，天界和人间的往来通道就断开了，从此人类再也不能到达天界。

今天河北涉县娲皇宫的导游在向游客讲解补天阁景观的时候，会说洪水泛滥的原因是共工撞断了天柱。这样的讲解融合了文献记载和民间口头传承神话，游客也乐于接受这样的说法。可见在一些地区"共工怒撞不周山"已经与"女娲补天"神话联系在一起，通过多种媒介的传播，形成了新的神话。

"女娲补天"和"共工怒撞不周山"的神话都表明在古人的观念中，天空是用石头做的，而且是由像山一样巨大的石柱支撑着的。这种观念其实在很多民族的神话中都有所体现。比如哈尼族的神话中就说天是由青色的石头做的，石头掉落后，就会下起大暴雨，引发大洪水；彝族神话中也说天空是由天柱支撑着的，天柱一旦倒塌，便会引发滔天的大洪水。

民间神话中，女娲补天用的五色石并不是普通的石头，而是和天上的石头属性相同的神奇石料。因此古人把天空中的云霞光影变幻都归因于五色石。还有的神话中说天上的星星就是女娲补

清代《红楼梦》
彩绘连环画

天所用的五色石。在今天河南济源王屋山还流传着许多与女娲相关的神话。当地百姓认为山溪中的五彩岩石就是女娲用来补天的五色石，此处也成为当地有名的景点。

女娲的形象一直贯穿在中华文化的血脉之中。在清代作家曹雪芹的《红楼梦》中，贾宝玉的原身通灵宝玉正是女娲炼石补天遗留下来的一块顽石。这块顽石游历人间后，终于体味到了人生的酸甜苦辣。曹雪芹将女娲神话、玉石信仰等远古文化融入整部《红楼梦》中，从而使小说具备了非凡的文化深度。

鯀禹治水

┃鲧禹治水┃

鲧是禹的父亲，也是一位治水英雄，发生在他们身上的故事反映了中国古代劳动人民与洪水艰苦卓绝的斗争过程。因此"鲧禹治水"更能体现这个典型性的洪水神话的面貌。

一、神奇的息壤

相传最早尧任命鲧负责治理黄河的水患。鲧带领着工匠们挖山凿石，修筑堤坝，想通过堵截洪水来路的办法治理水患。可是当他们终于修筑完巨大的河堤时，一场大洪水不但将堤坝冲毁了，还造成了巨大的洪灾。鲧为此苦苦思索：到底用什么材料才能阻挡住滔滔洪水呢？

看到人间的土方和石料在洪水面前不堪一击，鲧忽

|浙江会稽山大禹像|

然想到，以前曾听一位神仙说过，天帝那里有一种宝物叫息壤，它能够无限生长，一点儿息壤就可以生长出一座山。

据说，当年天帝就是用息壤创造了大地。大地上数不清的山脉、一望无际的平原，都是用息壤这种神奇之物创造出来的。鲧就想：如果能用息壤来修筑大坝，拦截洪水，岂不妙哉！于是他去天帝那里说明来意，希望能得到一点儿息壤。天帝拒绝了鲧，并说："我之所以降下洪水到人间，正是因为人类作恶太多，才以示惩戒。"鲧只好作罢。

临走时，鲧灵机一动：既然天帝不给，不如自己偷偷带一点儿息壤回去。于是鲧就偷偷夹带了一点儿息壤

回到了人间。息壤果然神奇，一夜之间便长出了一座小山丘，鲧心想这回肯定能治理好洪水了。可是还没等治水工程完工，天帝就发现鲧盗取息壤一事。愤怒的天帝命祝融去捉拿鲧，并将鲧杀死在了羽山。

羽山是北方极寒之地，鲧的尸体过了三年仍没有腐烂。后来鲧的肚子里竟然孕育了继承他治水意志的禹。禹从鲧的肚子里生出来之后，就化为一条黄龙，飞到天上去了。

其实息壤这种神奇的土壤，在中国许多神话中都有描述。这种类型的神话被学者归纳为"潜水捞泥"型神话，大意是创世始祖悄悄到一个隐秘的地方（海底或天宫）取得了神奇的土壤，土

壤不断生长膨胀，从而造出了陆地。比如蒙古族神话中说始祖潜入水中，寻找创造世界的泥，这种泥藏在水底一只大金龟的身下。始祖变成一条扁嘴虫游到金龟身下取到了泥，后来创造了陆地。鲧窃取天帝的息壤阻拦洪水，也属于这类神话的变体。

二、禹凿龙门

鲧死了，但是黄河的洪水依旧泛滥成灾。禹长大后，舜又命他继续治水。禹吸取了鲧治水失败的教训，开始寻找其他治水的方法。

很多地方的民间神话中说，是河中的一只老龟给了禹提示，也有的说是禹利用自己的聪明才智想出的办法。总之禹最后采取的治水办法就是疏浚。

禹发现，黄河之所以洪水频发，是由于水流不畅所致。如果采取修筑堤坝阻拦洪水的办法，反而会加剧河道的堵塞。于是禹带领工匠勘察了黄河地形，最后发现位于黄土高原东部的黄河中游，河道非常狭窄。每当到了雨季，上游的洪水往往积在这里得不到排泄，从而导致水漫堤坝，溃而成灾。

于是禹下决心要把这一段河道凿通。这一段河道所在的地方叫龙门，位于山西运城和陕西韩城的交界处。开凿龙门是一项非常艰难的工程，由于山体巨大，且临水施工，需要成千上万的工匠日夜不停地工作。

在禹的带领和指挥下，经过若干年的努力，龙门河段终于凿通了。黄河之水通过龙门倾泻而下，上游水位明显降低，洪水来临时就不会溃决了。禹治服洪水的伟绩也让他成为新一代领袖。

虽然龙门河段并不是人工凿成的，但是人们为了承袭禹治服洪水的伟大精神，将龙门河段最窄的峡谷命名为"禹门口"。

如今，"大禹治水"的神话依然在民间广为流传。

人们为了表达龙门的神圣，还将"鲤鱼跃龙门"的神话也加入到地方神话体系中。

三、三过家门而不入

在神话中，禹的妻子是涂山氏之女，其名史籍中记载不一，通常称之为"涂山氏"。涂山所在之地，有会稽、渝州、濠州、当涂等多种说法，难以确考。《尚书》

| 黄河壶口瀑布 |

中记载：

"娶于涂山。辛壬癸甲。启呱呱而泣，予弗子，惟荒度土功。"

说的是夏代君王启为禹和涂山氏所生。今天江淮地区的民间风俗中，在挑选结婚吉日时，也常会选带有辛、壬、癸、甲这些天干的日子。

在"大禹治水"的神话中，"三过家门而不入"是一个经典情节。禹因为专注于治水，曾经三次从家门口路过，都没有进去看一眼。在民间讲述中，禹三过家门而不入被演绎出许多丰富的细节。

重庆走马镇所流传的大禹治水神话，把禹三过家门而不入，以及禹的妻子涂山氏描绘得更富有人情味。据说禹每次从家门口路过都不进门，涂山氏非常担心禹，于是有一天，她悄悄地跑到工地上去探望。工人们见到涂山氏后，纷纷向她诉苦，说连年修筑水利工程，十分想家。涂山氏对这些工人的思亲之苦感同身受，于是悄悄地放走了一些工人。时间一长，禹发现工地上的人越来越少，后来才知道是涂山氏所为。禹意识到一味蛮干也不是办法，于是发明了休假制度。有了假期后，工人们的工作效率大大提高了，工程进展也加快了。

在安徽蚌埠，由于有涂山、禹会两村的风物，民间有关禹的神话盛行。这里的神话中说，禹的治水工程一路开展到了濠州的涂山（今蚌埠怀远），在这里禹遇到了涂山氏的女儿，他们相爱了，并很快在涂山成了亲。但禹心中以治理洪水为重，

安徽涂山禹王宫大禹像

成亲的第四天就与涂山氏依依惜别，继续奔走在淮河流域疏导洪水。涂山氏因为思念丈夫，就跑到涂山之南看望。禹前后三次到了家门口，都没有回家探望妻子。

后来，"三过家门而不入"成了中国古代文化中的一个典故，这个典故体现了禹作为领袖，舍小家顾大家，以天下人的甘苦为己任的博大情怀，历来为人们所称道。

四、禹杀防风氏

防风氏是吴越地区民间信仰的一位神祇。在神话故事中，他身形高大，是一位巨人。此外，防风氏和禹是同时代的神祇，他们都有治水的功绩，也有民间神话中说是禹任命防风氏到吴越地区治水的。

《国语·鲁语下》中有一

段记载：

"昔禹致群神于会稽之山，防风氏后至，禹杀而戮之，其骨节专车，此为大矣。"

这段话的大意是，禹在会稽山会盟诸部，防风氏迟迟不来，禹误以为防风氏想要破坏结盟大计，于是杀了防风氏。由于防风氏实在太高大，死后一节骨头都需要用一辆车来拉。

浙江德清民间传说，当年洪水泛滥时，防风氏将八十一个兄弟藏在自己挖的山洞中，然后取来天上的青泥造山，再用脚踏出洼地造湖，从而治理了洪水。后来华胥氏踏着防风氏的脚印，感孕而生伏羲。今天的太湖就是防风氏用脚踏出来的。

有关防风氏的神话在太湖流域非常盛行。当地人认为防风氏治水有功，被禹错杀非常冤枉，于是便建了祠庙纪念防风氏。每年农历八月二十四日到农历八月二十六日，都要举行盛大的庙会。在浙江许多地方，民间还把地方风物与防风氏的神话联系起来，比如浙江东阳的防风岩，传说是防风氏的头化成的。浙江绍兴的刑首山，则传说是禹杀防风氏的地方。

江浙一带的百姓非常信奉防风氏，常把许多民俗的发明归功于防风氏。比如湖州地区的人们就认为当地特产熏豆茶是防风氏发明的。传说防风氏奉禹之命到太湖治水，非常辛苦。当地百姓想帮助防风氏，就烘炒了青蚕豆做成点心，并且用橘皮、芝麻、桂花泡茶。由于治水任务重，防风氏没有时间细细品尝，就把点心倒进茶汤里泡着吃。没想到吃完之后防风氏神力大增，治水工程因此加快了进展。于是熏豆茶这种食物就这样流传开来。

禹和防风氏治水的神话之所以在江南地区广为流传，与该地水网密布、水灾频繁有很大关系。江南地区的百姓时刻与水打交道，深受水灾之害，因此治水英雄

防风氏和禹的神话会在这里盛行也就不奇怪了。在今浙江绍兴稽山门外的会稽山麓有大禹陵（古称禹穴），当地人认为这里便是禹的埋骨之地。绍兴的大禹陵始建于秦代，现存建筑为后世重建，历朝历代主持的大禹祭典基本上都在杭州举行。

人们后来在太湖流域发现了大型新石器时期人类聚居地，并以1936年首先发

|良渚遗址出土的玉琮|

掘的杭州良渚遗址命名。良渚文化以太湖流域为核心，在此发现了大型城市遗址、水利遗址、墓葬遗址。良渚文化也被认为是中华文明的源头之一。

因为在良渚遗址发现了大型水利系统，所以很多学者将其与禹和防风氏治水的神话相联系。并推测江南地区在距今约 5000 年前就已经开始有组织地治理洪水了。

「兄妹婚」神话

|"兄妹婚"神话|

从世界范围看，洪水神话中流传最普遍的类型当属"兄妹婚"型，神话学研究中常称为"兄妹婚"神话。

这一类型的神话在今天全国各地都有流传，并且在汉族，西南地区的壮族、瑶族、彝族、苗族、哈尼族、纳西族、拉祜族、傈僳族、侗族、佤族、怒族、白族、傣族、基诺族，东北地区的满族、鄂温克族，东部地区的畲族、高山族等多个民族中都有流传。这其中，中原地区和西南地区的"兄妹婚"神话流传非常广泛。

中国最为人熟知的"兄妹婚"神话，要数"伏羲、

|新疆出土的唐代伏羲女娲图|

女娲兄妹婚"神话了。伏羲、女娲在许多地方的神话中是兄妹俩，他们预先得到洪水来临的消息，并且借助避水

神器躲过了洪灾，幸存下来。世上的人都被淹死了，只剩下兄妹俩。兄妹俩在神灵的授意下结为夫妻，重新繁衍人类，成为今天人类的祖先。

一、神谕奇兆报洪水

"兄妹婚"神话中最扣人心弦的情节，当属兄妹俩事先得知洪水将至的消息。有关这一情节，各地区、各民族的口头传承神话中都有非常丰富的细节讲述。虽然有关"兄妹姓名""报信方式""洪水起因"的叙述千差万别，但这些神话的共同点是都提到了兄妹俩事先得知洪水来临的消息，并且掌握了躲避灾难的方法。

各地的神话都提到洪水来临之前有许多奇异的征兆，其中比较著名的征兆是"石狮子红眼"。例如，一

石狮子

些神话中讲城门口有一对石狮子，如果石狮子眼睛变红，就会发洪水。也有的神话中说石狮子、石龟眼睛流血，就预示着要发洪水。在河南周口的神话中，伏羲、女娲兄妹就是因为看到城门口石龟眼睛流血，得到了洪水预警。当地还有的神话说是伏羲、女娲不小心把血抹在了石狮子的眼睛上，从而引发了洪水。浙江金华的神话中说，石狮子出汗就预示着要发洪水。而辽宁岫岩流传的满族神话，认为是石狮子、石龟、石人开口说话，把洪水将至的消息告诉了兄妹俩。

还有一类征兆是"神祇预告洪灾发生"。彝族神话中说兄妹俩在大洪水来临之前，得到天神的警告，提前准备好了避水的大葫芦（也有说是木箱子），躲过了洪灾。也有神话中说是动物预告了洪灾，例如羌族神话中说是一头牛向兄妹俩预告了洪灾，藏族康巴方言区的神话中则说是乌鸦预告了洪灾。

洪水神话中有关洪水的起因，也有众多说法。藏族白马人神话中说洪水源于大地震之后的暴雨。羌族、哈尼族神话中说洪水是因为天空出现大洞而导致的。广东瑶族神话中说洪水起因是天河泄漏。河南回族神话中说洪水是因为神渎职而引发的。彝族神话中说洪水源于人和神之间发生冲突，神为惩罚人类而降下洪水。纳西族摩梭人神话中说洪水是天神对人类懒惰的惩罚。

当然，这些多样化的神

|三星堆青铜人头像|

化相近的几个民族，其神话传说中都有"洪水是天神对人类的惩罚"的描述。在这些民族的人类起源观念中，最早的一代人是有缺陷的，由于神明对初代人不满意，所以降下洪水将其毁灭，只留下兄妹俩重新繁衍新一代人类。神话中特别提到，最早的一代人是直眼人，经过重新繁衍的新一代人是横眼人。这种直眼人的形象在三星堆遗址出土的青铜人头像中得到了印证，这说明三星堆遗址的先民与今天使用藏缅语族的诸民族的先民有着密切的文化关联。

话叙述并不是随意想象出来的，而是与特定群体的民间信仰、民俗文化、口头传统密切相关的。比如彝族、纳西族、哈尼族、拉祜族等文

洪水的起因往往还与其他神话类型连在一起，构成一个复杂的洪水神话。比如天神认为最早的一代人有缺陷或道德低劣，于是降下洪

水以更换人种。一对兄妹因躲进葫芦而逃过一劫。之后，兄妹二人受神意指引，结为夫妻，婚后生下一个肉球。哥哥将肉球劈成了若干块，每一块都成为一个民族，或者每一块就成为一个姓氏的祖先。这样的复合型洪水神话将"洪水""兄妹婚""碎胎"等元素结合在一起，成为解释今天人类和民族来历的人类起源神话。这类复合型洪水神话，广布于汉族、纳西族、壮族、瑶族、藏族、羌族、土家族、苗族、哈尼族等民族中。

二、洪水遗民

在"兄妹婚"神话中，大多数认为洪水后遗存的人类是兄妹俩。但是在一些神话中也有是姐妹、兄弟或夫妇关系。例如河北张家口地区的民间口头传承神话中说，洪水后遗留下的人是爷爷和孙女。大凉山地区彝族的神话中说，洪水后只幸存下来一个男人，后来这个男人和天女成亲，重新繁衍了人类。云南佤族的神话中说，洪水后只幸存下来一个人，人与牛结亲繁衍后代，所以佤族人认为牛是一种神圣的动物。云南拉祜族苦聪人的神话中说，洪水后幸存下来的人与猴子结亲，以繁衍后代。

还有的神话中说，洪水过后不仅人类幸存了下来，也有动物幸存了下来重新繁衍物种。比如云南独龙江地区的神话中说，大灾难之前动物被一对对预留下来，以繁衍生息。

为了避免兄妹成婚的伦

理问题，许多地方的神话逐渐改变了兄妹繁衍人类的方式。比如在黑龙江、辽宁、河南、浙江、四川、陕西等地广为流传的神话中说，洪水过后兄妹俩幸存下来，可是世间的人类都被淹死了，只剩下他们二人，为了繁衍人类，兄妹二人就用泥土捏泥人。这"兄妹二人"，在

伏羲女娲（汉画像石）

很多地方指的就是伏羲、女娲。这一变化显然是将女娲抟土造人的神话嫁接到洪水后"兄妹婚"的神话中。这种洪水遗民用泥土再造人类的叙述方式，集中分布在中原地区，这与当代"女娲造人"口头传承神话的分布是一致的。

同样，一些神话中洪水遗民与天女、天神婚配繁衍人类的情节，也是为了避讳兄妹成婚。这与特定群体的信仰、宗族制度也有很大关系。这种类型的神话叫作"寻天女"型，在云南、四川的彝族、纳西族神话中比较典型。比如彝族史诗《勒俄特依》中说天神派使者告知三兄弟，洪水就要来临。老大准备了金银床，老二准备了铁床，憨厚的老三则准备了

一个木柜子。洪水来临时，老大、老二都沉到水底，只有老三在木柜子里幸存了下来。后来老三与天神的女儿结婚，成了人类的始祖。

许多少数民族通过口头演唱创世史诗的方式传承神话。比如在阿昌族的创世史诗《遮帕麻和遮米麻》中，始祖兄妹"遮帕麻"与"遮米麻"逃过了洪灾，繁衍了阿昌族。阿昌族的祭司被称为"活袍"，每当重要节日需要祭祀的时候，祭司就会向族人唱起这首叙事歌，以赞美两位神灵"造天织地""创造人类""补天治水""降妖除魔""播洒幸福"的丰功伟绩。

"洪水遗民"是洪水神话的核心母题，也是将人类起源神话与洪水相联系的纽带。总体来说，"洪水遗民"想要表达的是人类在发展历程中经历过重大灾难，这些灾难使得人类被置于十分危急的处境中。而面对这场大灾难，人类的祖先挺身而出，最终用智慧与勇气帮助人类

|创世史诗《遮帕麻和遮米麻》|

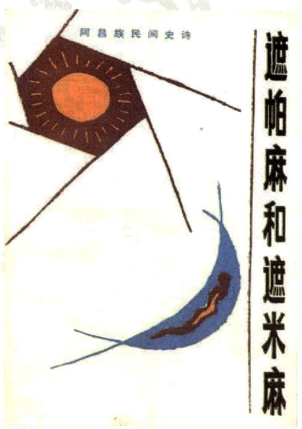

攻克了难关。

三、兄妹卜天意成亲

"兄妹婚"神话中最关键的一个情节就是兄妹得到上天授意后，结为了夫妇。由于有血亲婚配的忌讳，所以多样的占卜方式构成了"兄妹婚"神话中最精彩的部分。比较常见的占卜方式是"合磨"，也就是兄妹俩分别拿着一扇磨盘上山，再各自从山上将磨盘滚下来，如果两扇磨盘合到一起，就说明兄妹俩结亲是天意。"滚磨成亲"这一类占卜方式的传说分布很广，全国各地几乎都有。

四川阿坝州的藏族神话中说是用"滚圆根"（芜菁：又叫蔓菁，一种像萝卜的蔬菜）的方式占卜。兄妹俩各自拿一半芜菁从山顶滚下，芜菁如果合到一块就可以成亲。

磨盘

云南傈僳族神话中则说是滚簸箕和筛子。始祖兄妹各自拿着簸箕和筛子往山下滚，如果它们合到一起就可以成亲。

重庆土家族神话中说是用追赶的方式占卜，兄妹俩一前一后赛跑，如果后者追上前者就可以成亲。四川地区的汉族、藏族、羌族还有神话中说用"合烟"的占卜方式，即兄妹俩在不同的地方点火（或点香），如果烟在空中合到一起，就证明二人可以成亲。

辽宁满族的神话中则说是用穿针的方法占卜的。兄妹俩一个拿针、一个拿线往空中抛，如果线在空中正好穿过针眼，则证明始祖二人能够成婚。广西壮族神话中则说兄妹俩打碎一个龟壳，如果他们还能将这个龟壳拼回原貌，那就证明可以成婚。

"兄妹婚"神话中，占卜方式不胜枚举。这些丰富多彩的叙事，说明神话在流传过程中需要不断适应社会的发展。洪水神话之所以充满魅力，正在于其混合了"兄妹婚"等其他类型的神话，构成了一个庞大的"人类克服灾难得到重生"的神话群。

而"占卜天意"这个神话母题，也深刻反映了人类社会发展过程中，对婚姻制度有严格规定，必须受到特定社会规则的制约。这些社会意识与洪水灾难、英雄祖先等都是有机联系在一起的。

神奇的避水葫芦

|神奇的避水葫芦|

在洪水神话中，始祖避水的工具也很多元化，其中除了最具代表性的葫芦，还有木箱、乌龟、木盆、水缸、臼、瓜、船、篮子、箩筐、竹篓、木柜子等，这些物品的共同特点是能够在水中漂浮。

葫芦之所以成为最典型、传诵度最广的避水工具，主要和葫芦多籽的特征有关。在许多神话中，洪水后要重新繁衍物种，而葫芦多籽的特征恰好符合物种繁衍生息这一意象。甚至在一些神话中，人类就是从葫芦中诞生的。

一、葫芦中诞生出人类

在中国的"人类起源"神话中，葫芦中诞生出人类的神话非常典型，并且与洪水神话密切相关。1973 年和 1977 年，在浙江余姚的河姆渡遗址就出土了距今约 7000 年的葫芦籽，这是中国历史上最早人工栽培葫芦的证据，也表明我国的葫芦文化非常悠久。

1986 年，上海美术电影制片厂推出了 13 集系列原创剪纸动画片《葫芦兄弟》，这部动画片播出后广受欢迎，是中国动画电影史上的经典之作。动画片《葫芦兄弟》中的七个葫芦娃，为红、橙、黄、绿、青、蓝、紫七个颜色的葫芦所生，各有神通。

老大红娃,能翻天掀地,力大无穷;老二橙娃,天生拥有一双千里眼和顺风耳;老三黄娃,铜头铁臂、刀枪不入;老四绿娃,能吞吐烈火和闪电;老五青娃,能吞吐江海之水;老六蓝娃,会隐身术,来无影、去无踪;老七紫娃,有一个宝葫芦,能

吸走妖魔鬼怪。这部作品的创意实际上就是根植于中国深厚的葫芦文化之上的。

在明清神魔小说中,葫芦也常常作为仙人的法器出现。比如《西游记》中太上老君的紫金红葫芦可以把孙悟空吸进去,《封神演义》中女娲娘娘的金葫芦中孕育

|葫芦饰品|

着招妖幡。由此可见，在中国文化中，葫芦是一个与人类起源密切相关的文化意象。

在云南彝族、纳西族、哈尼族、拉祜族、基诺族、阿昌族等民族的人类起源神话中，都有"葫芦中诞生出人类"的情节。这类"人类起源"神话的核心是说，人类从一个大葫芦里诞生出来：远古时，天神想要灭绝人类，降下大洪水，唯独始祖兄妹躲进大葫芦里得以逃生。后来始祖兄妹繁衍了今天的人类。因为在传说中，葫芦成了始祖兄妹的避水工具。所以，现在一些民族会将葫芦奉为神器。

云南红河有一个彝族村落叫"窝伙垤"，居住在这里的彝族有一种古老的丧葬习俗：人死后要将部分骨灰装在葫芦里，之后这个装着骨灰的葫芦就被视为祖先的神灵，放在祭台上供人们祭祀。在彝族人民的观念中，人死后灵魂要返回祖界，而葫芦作为创世时的神物，具有沟通生死、送魂返祖的神力。

云南澜沧拉祜族自治县的拉祜族也非常崇拜葫芦。在拉祜族的创世神话《牡帕密帕》中，天神厄莎创造了宇宙万物，他觉得宇宙间还缺些生机，就种下了一棵葫芦。葫芦成熟后，被老鼠和麻雀啄开了，从里面走出了始祖兄妹扎迪和娜迪。拉祜族民众将葫芦视为民族的起源，在拉祜族居住的村落和城镇里常常能看到葫芦的图案。

云南西双版纳哈尼族少

| 可以食用的特殊品种葫芦 |

女的头饰中就有葫芦样式。适龄少女会戴一个或几个葫芦头饰，以象征自己正值适婚或适育年龄。人们通过少女头上的葫芦头饰，就知道

她是否已经到了谈婚论嫁的年龄。而"葫芦中诞生人类"同样是哈尼族创世神话中重要的神话母题，在口头传承中传唱不息。

"葫芦中诞生人类"的神话在世界各地广为流传。在我国新石器时代的考古发掘中，也出土了许多葫芦形器皿。"葫芦多籽"作为一种文化象征，已经深深烙印在中国传统文化中，成为传统宇宙观、生命观的典型符号。

二、雷公寻仇

在洪水神话中，和"避水神器"葫芦有关的，还有"雷公寻仇型"神话。雷公是中国神话中非常独特的一位神祇，他司掌雷电，降雨解旱，造福人间，却脾气暴躁。在道教神话体系中，雷

公通常背部长有翅膀，面部生鸟喙。

在西南地区的神话中，雷公是在人类起源过程中扮演过重要角色的神祇。云南元阳哈尼族的神话中说，雷公被人们捉住后，关在了笼子里。雷公为了脱身就哄骗兄妹俩，让他们打开笼子。善良的兄妹把雷公放出来

后，雷公决定降一场大雨淹没人间以报复人类。为报兄妹俩的救命之恩，雷公给了兄妹俩一颗葫芦籽。他告诉兄妹俩把葫芦籽种下，待到洪水来临就躲进葫芦籽结出的葫芦里。兄妹俩把葫芦籽种了下去，不久葫芦藤上结出了一个巨大的葫芦。随后大洪水如约而至，人间成了

雷公电母像

一片汪洋。兄妹俩躲进葫芦里，逃过一劫。洪水退去后，兄妹俩成了人类的始祖。

贵州地区的侗族、苗族、布依族也有相似的关于雷公（雷婆）的口头传承神话。贵州从江侗族创世口头传承神话中说，始祖兄妹松恩、松桑诞生于神龟蛋中。始祖兄妹后来又孕育了十二个子女，有九个成了鸡、虎、蛇、熊等动物的祖先，其中一个是雷婆，另外两个就是人类始祖章良和章妹。人类始祖章良、章妹学会了使用火以后，把兽类赶到了森林中，把鱼类赶到了水中，把雷婆赶到了天上。雷婆逃到天上后，一直想找兄妹俩报仇。

雷婆想用雷电把兄妹俩劈死，就躲在房顶上。章良识破了雷婆的诡计，在房顶上放了湿滑的青苔。雷婆果然中计滑倒，从房顶掉了下来。被捉住的雷婆装出一副可怜的样子，向章妹讨要水喝。善良的章妹就给了雷婆一碗水。结果雷婆喝了水后，立即化作一阵旋风逃走了。雷婆逃走时为了报恩，就给了章妹一颗牙齿，说危难时种下这颗牙齿可以化解灾难。后来雷婆在天上降下了一场大雨，想要淹死十一个兄弟姐妹。洪水滔天之际，章妹种下了雷婆的牙齿，牙齿变成了一个大葫芦。章良和章妹躲进了葫芦里。这时一只蜜蜂飞到葫芦外大喊救命，心地善良的章良和章妹救下了这只蜜蜂。

后来见洪水久久不退，章良就让蜜蜂飞到天上去蜇雷婆。雷婆被蜇得鼻青脸肿，只好答应退去洪水。最后在洪水中幸存下来的章良和章妹令世界恢复了生机，并与雷婆、万物和谐相处。

在"雷公寻仇型"洪水神话中，葫芦依旧是保护人类的避水神器。葫芦文化在各个民族的神话传说中被世代传颂，可见其深远的文化影响力。

三、同源共祖

和葫芦有关的"人类起源"神话中，还有一类神话，说若干民族都是从同一个葫芦里诞生的。这类神话通常分布于多民族混居的地区，比如云南、贵州、四川等地。在云南南部的哀牢山地区，同一座山里居住着十个民族，傣族、壮族住在峡谷里；白族、汉族、回族住在交通要道沿线；彝族、哈尼族、拉祜族、瑶族住在半山腰；苗族住在高山地区。这些民族经过长期相处，互相了解彼此的习俗，像兄弟姐妹般共同居住在这里。

哈尼族神话中说洪水滔天之际，始祖兄妹躲进葫芦里。后来始祖生下若干儿女，成为哈尼族、汉族、彝族、傣族、苗族的祖先。彝族神话中说洪水过后，始祖和天女结婚，生下一个葫芦。后来从葫芦里走出了彝族、汉族、傈僳族的祖先。拉祜族神话中则说各民族的祖先是从一个大葫芦里诞生的。这些神话虽然细节上有所差异，但都表明了一个观点，那就是同源共祖。

在云南纳西族神话中，天地分离后，海中生出一个蛋，蛋中走出人祖恨矢恨忍，他的九世孙是从忍利恩，从忍利恩有五个兄弟和六个姐妹。因为这些兄弟姐妹没得到天神允许就私自结为夫妻，惹怒了天神。天神降下滔天洪水，唯有从忍利恩躲进葫芦里逃过了这场浩劫。后来从忍利恩与天神的女儿衬红裹白结婚了。他们生下了三个孩子，老大成了藏族的始祖，老二成了纳西族的始祖，老三则成了白族的始祖。这个神话里涉及的三个民族，长期共同生活在滇西北地区，文化关系密切，因此彼此相处和谐、亲如兄弟。

还有一些与葫芦无关的"同源共祖"神话。比如贵州侗族神话说洪水过后，始祖兄妹生下一个肉团，后来始祖把肉团砍成碎块扔到山林中。第二天，山上河边

|纳西族洪水神话壁画|

布满了人烟。原来肠子变成了聪明能干的汉族始祖，他说的第一句话是"妈"；骨头变成了强悍勇敢的苗族始祖，他说的第一句话是"咪"（苗语"妈妈"）；肌肉变成了老实温和的侗族始祖，他说的第一句话是"娅"（侗语"妈妈"），人类由此繁衍下来，安居乐业。

黑龙江同江赫哲族故事家吴连贵也讲过一个赫哲族的"人类起源"神话。赫哲人认为自己是神鱼的后代。起初天神用泥土和海水制造了人偶，为了避免人偶被雨水冲毁，天神就把人偶放到神鱼的嘴巴里。待到天晴的时候，神鱼把人偶从嘴里吐出来，人偶便活了。后来这些小泥人的后代越来越多，无法都在同一个地方生存，于是就分别迁徙到其他地方。在黑龙江、松花江和乌苏里江一带捕鱼狩猎的人成了赫哲族的祖先；在大兴安岭的高山密林中打猎的人成了鄂伦春族的祖先；在中原地区平原上种地的人成了汉族的祖先；在大草原放牧的人成了蒙古族的祖先。

"同源共祖"神话想要表达的是各个民族在长期的相处过程中，认识到只有和睦相处、互相合作才能共同发展，创造幸福生活。而偏见、对抗、仇视、战争只能两败俱伤。它传达了各民族都是一家人的理念，促进了民族间的平等交往和友好相处。

洪水神话与节庆民俗

| 洪水神话与节庆民俗 |

神话是一种口头传承文化，此外，它还会在日常生活中以多种方式被"实践"。中国很多传统节日和庆典常常与神话联系在一起。比如哈尼族的苦扎扎节就与"宇宙起源"神话密切相关；泰山香会与道教神话密切结合；中秋节与"嫦娥奔月"神话融为一体。对于洪水神话而言，纪念"女娲补天"的天穿节就非常典型。

一、女娲神话与天穿节

天穿节又叫"补天节"，是纪念女娲补天的传统节日，今天多流行于山东、河南、陕西、广东、福建、台湾等地。天穿节是元宵节之后的第一个传说节日，时间有正月初十、正月二十日，正月二十三日，正月二十五日等说法，多在雨水这一节气前后举办。日期的选择与女娲补天治洪水的神话相关。

东晋的《拾遗记》中记载："江东俗号正月二十日为天穿日，以红缕系煎饼饵置屋上，谓之补天穿。"这段记载明确说明了，天穿节的节日习俗是为了仿效女娲补天的场景。传说中女娲补天是为了止住连绵的暴雨，很符合雨水这一节气的物候特征。清朝嘉庆年间修纂的河南省《渑池县志》中记载：

"二十日，撂煎饼房屋上，并置地上，名曰补天补地。"这段文字说明民间将用煎饼模拟女娲补天来庆祝节日的习俗延续了下来。

在广东、福建、台湾等客家人聚居的地方，天穿节属于新年节日之一。过年的时候，家家户户都要用糯米蒸制一种叫"甜粄"的食品，其中有大角或者小块的甜粄需要留下来，等到天穿节这一天用。正月二十日的早晨，家中的女主人要把预留出来的甜粄煎熟。甜粄煎好后，家里人要拿着煎好的甜粄到家中的每个房间里，特别是厨房、卫生间，如果发现房间里有墙缝、钉子眼儿，就要抹上一点儿甜粄，这叫"补天穿"。有的地方"补天穿"是以在甜粄上插针线的方式进行的。

在山西一些地方，正月二十日是小天穿节，正月二十五日是大天穿节。每逢

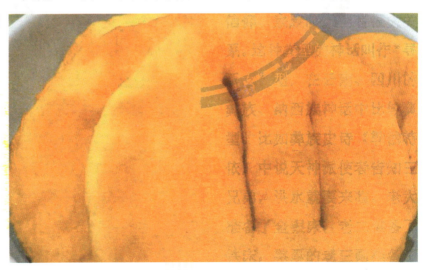

甘肃的烙油饼

这两个天穿节，家家户户都要吃饺子或饼。到了晚上，还要在家中的床柜、门口、窗台等容易有缝隙的地方摆上各式各样的豆面灯，除了祈福之外，还为了纪念女娲补天的功绩。

在甘肃河西走廊地区，每年正月二十日也要过天穿节。这一天清晨，人们就用面糊做成油饼。补天仪式举行时，人们就在院子、屋子四周和屋顶上摆好油饼，然后再让每位家人手里拿一块饼，在院中走几圈。这时，屋里有一个人会问："你在干什么？"人们需要回答："补天地呢！"屋里的人会继续问："补好了吗？"人们需要回答："补好了！"只有完成了这个仪式，才能阖家团聚，品尝美食。

目前，天穿节民俗随着华人在世界各地定居，也被带到了海外。居住在美国的部分华人，每年过天穿节时都会举行联欢会。他们表演节目、载歌载舞，畅叙同乡之谊，传扬女娲神话。节日所承载的中华文化也成为凝聚海外华人的重要纽带。

二、苗族鼓藏节与《苗族古歌》

苗族是我国分布较广泛的一个民族，主要聚集于贵州、云南、湖南、重庆等地。苗族有着悠久的历史，认为自己是上古时代蚩尤部落的后裔。苗族擅长山地农业，常常居住在高海拔山地。历史上，苗族经历了长距离的迁徙，这些迁徙的历程都被苗族人化作了服饰上的图案。因此苗族的服饰被誉为

苗族姑娘

"穿在身上的历史"。

黔东南苗族的鼓（牯）藏节，又叫鼓（牯）藏祭、鼓（牯）社祭、吃鼓（牯）藏。鼓藏节并不是以年度为周期举行的节日，而是若干年（七年或十三年）举行一次，过一次完整的鼓藏节需要三年时间，三年间多次进行祭祀活动。这是黔东南苗族非常隆重盛大的祭祀节日。

鼓藏节的来历在苗族创世史诗《苗族古歌》中有记载。古歌中唱道，人类的祖先是从蝴蝶妈妈下的蛋里孵化出来的，先祖经历洪水后繁衍人类。而蝴蝶妈妈则是从枫树里诞生的。苗族人认为敲击用枫木做成的鼓，能够与祖先的神灵沟通，从而庇佑子孙、凝聚信仰。因此祭祀圣鼓就成为鼓藏节的核心仪式。在苗族的一些神话中，先祖兄妹俩正是躲进圣鼓里逃过了洪水。

鼓藏节的每一次节日仪式都非常复杂。大体上分为选鼓藏头、养鼓藏牛、醒鼓、砍鼓树、凿鼓、换鼓、引鼓、浇花树、盖灵房、送鼓、洗鼓。进行这些仪式时，祭司都会吟唱表彰先祖功绩和民族根源的神话。比如在换鼓仪式上，要将上一次鼓藏节的旧鼓从山洞里取出来，换上当年的新鼓。祭司要演唱呼唤祖灵的祭词：祖宗啊祖宗，妹榜妹留生，历经滔天洪水，又逢野火烧林……请祖先十二支，先神引后神。换鼓仪式要持续十三天，在这个仪式上，会演述始祖兄

贵州孟关苗族猴鼓舞模拟洪水后兄妹婚神话

妹经历洪水而遗存的神话。

　　苗族鼓藏节和洪水神话互为表达，已成为黔东南苗族文化的标志。每次过鼓藏节，黔东南的苗族、侗族、瑶族、布依族等多个民族都会参与其中，因此鼓藏节也成为黔东南地区重要的公共节庆。

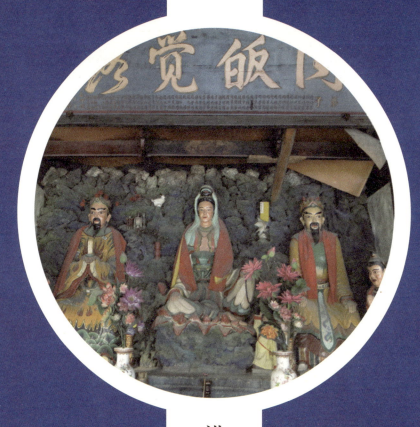

洪水神话与多元文化交流

| 洪水神话与多元文化交流 |

洪水神话作为一个大型、普遍的神话集群，往往不是由单一民族传承的，而是交织着多元的文化因素。今天我们听到的洪水神话，也是多元文化交流、积累的成果。

云南大理白族自治州洱源县西山乡的白族人至今还传承着古老的打歌活动，在打歌的时候，人们会演唱一则洪水神话。这则神话被民间文学家搜集整理，命名为《创世纪》。《创世纪》是一个非常典型的多元文化交融的洪水神话案例。

流传于白族人口头的《创世纪》讲述了始祖兄弟俩盘古、盘生的故事。有一天兄弟俩到街上卖柴，碰见算命先生妙庄王，就请他为他们算一卦。妙庄王告诉兄弟俩，八月三日到金沙江边钓鱼，要将自己钓起的第一条和第二条鱼放回江中，把第三条鱼拿到集市上卖，谁出三百六十两的价钱就卖给谁。

兄弟俩照着算命先生所说的做了，果然钓到了一条大红鱼。他们把红鱼拿到集市上去卖，果然有人出价三百六十两。原来那条鱼是龙王的三太子。高价买鱼的人正是龙王所变。龙王很好奇，问兄弟俩为什么专门钓红鱼，兄弟俩就说是妙庄王告诉他们的。龙王很气愤，找到妙庄王，想试一试他的道行到底有多深。龙王是天界负责行云布雨的神。于是龙王就让妙庄王算今天会降多少雨。还说如果今天下的

| 龙王像 |

| 龙王 |

雨不是这个量，就不许他再到街上卜卦。妙庄王一算，说："城内两钱、城外三钱。"龙王闻言非常惊讶，因为他算对了。龙王为了给妙庄王难堪，后来在降雨时，故意多下了几钱雨。于是人间遮天蔽日、洪水泛滥。

大地上的一切都被洪水冲走了，眼看着人类就要灭亡。观音菩萨忙把一对兄妹藏在金鼓里。后来盘古盘生将龙王杀掉，止住了暴雨。待洪水退去，金鼓漂到了洱海边。为了繁衍人类，观音授意兄妹俩各点一炷香，如果两炷香的烟雾合到一起，他们就可以婚配。后来两炷香的烟雾真的合到了一起，兄妹俩就结为了夫妇。

这则白族神话融合了中原地区的盘古神话，吸收了

佛教中的神祇因素，并且很好地继承了本土的"兄妹婚"神话，最终发展出了洪水起因的新叙述。多元文化的交织让这一则神话的文化韵味更为浓厚。这样的叙述形态与白族文化有密切关系。

现今，白族主要聚居于云南的大理、丽江、昆明等地，在贵州和湖南也有零散分布。古代的大理国主要就

白族节日服饰

观音像

是以白族为主体的。白族在元朝以后吸收了汉族、蒙古族等多元文化，形成了自身独特的文化形态。

白族的宗教在自身本主信仰的基础上吸纳了古印度婆罗门教、佛教密宗阿吒力派、佛教禅宗、佛教华严宗甚至上座部佛教的因素，形成了独特的宗教形态。白族所讲的白语，也从古汉语中有所借鉴。在这种多元文化的实践中，洪水神话也变得更加丰满。

神话往往能反映一个民族、一个地区历史、文化积累的成果，能够承载厚重的文化根脉。因此，像洪水神话这样的传统神话，几千年来一直贯穿于中华文化之中。从古代典籍到当代口头传承神话，再到电子传媒中的神话创编，都反映出神话这一古老的文化基因，能够在不同时代作为人们表达文化的资源。

| 结语 |

洪水神话是一个世界性的神话类型，世界各地都有相关的古代文献、历史遗迹和口头传承神话。有的洪水神话，比如《圣经·旧约》中的诺亚方舟，随着宗教传播，十分具有文化影响力。从世界范围内来看，中国的洪水神话丝毫不逊色于其他国家的洪水神话。

从历史悠久与文明延续的角度来看，中国洪水神话有数千年的文明积淀。历代文人在文学、艺术、哲学等领域不断重述着洪水神话。洪水神话至今依旧在国家文化、民间信仰、民俗生活中体现出勃勃生机。这样厚重的文明积淀是世界其他国家难以比拟的。

从文化多样性的角度看，中国地域广大、民族众多，各地区、各民族都有题材丰富的洪水神话。从黑龙江畔的赫哲族，到滇南热带雨林中的基诺族；从喜马拉雅山脉的藏族，到太平洋小岛屿上的达悟族，都有着代表各民族特点的洪水神话，反映了多样的宇宙观与文明观。而在这种文化多样性的基础上，各民族又衍生出同源共祖神话、本土与佛道融合的多元神话，显示出民族交往的密切和繁盛。这样的文化交往格局，在世界范围内颇具典范意义。

从神话的社会意义来看，中国的洪水神话不仅有历史、民俗、宗教文化意义，也有科技、经济、政治意义。洪水神话携带着各个历史时期、各个地域群体独特的文化信息，在这个信息时代，以影视、互联网、虚拟技术等为载体发挥多重社会功能。

总的来说，洪水神话是一种对宇宙起源、人类起源的表达，是一个蕴含着丰厚文化资源的宝库。今天我们重新聆听、阅读、感知这些远古的叙述，为的是让我们更为全面地思考神话在当代社会生活中的价值。神话中看似荒诞离奇的情节，却是人类思想摆脱束缚的体现，这些先祖的动人故事，能够激励我们以全新的思维来传承千年智慧，启迪未来。

图书在版编目（ＣＩＰ）数据

　　洪水神话 / 张多著；杨利慧本辑主编. -- 哈尔滨：
黑龙江少年儿童出版社，2020.9（2021.8 重印）
　　（记住乡愁：留给孩子们的中国民俗文化 / 刘魁立
主编. 第六辑，口头传统辑. 二）
　　ISBN 978-7-5319-6512-1

　　Ⅰ．①洪… Ⅱ．①张… ②杨… Ⅲ．①神话-作品集
-中国 Ⅳ．①I277.5

　　中国版本图书馆CIP数据核字(2020)第172713号

记住乡愁——留给孩子们的中国民俗文化 　　　　　　刘魁立◎主编
第六辑 口头传统辑（二）　　　　　　　　　　　　　杨利慧◎本辑主编
洪水神话 HONGSHUI SHENHUA　　　　　　　　　　　张　多◎著

出 版 人：商　亮
项目策划：张立新　刘伟波
项目统筹：华　汉
责任编辑：杨　柳　张靖雯
整体设计：文思天纵
责任印制：李　妍　王　刚
出版发行：黑龙江少年儿童出版社
　　　　　（黑龙江省哈尔滨市南岗区宣庆小区8号楼 150090）
网　　址：www.1sbook.com.cn
经　　销：全国新华书店
印　　装：北京一鑫印务有限责任公司
开　　本：787 mm×1092 mm　1/16
印　　张：5
字　　数：50千
书　　号：ISBN 978-7-5319-6512-1
版　　次：2020年9月第1版
印　　次：2021年8月第2次印刷
定　　价：35.00元